AF500298

RAPPORT SOMMAIRE

Fait à Son Excellence, le Comte de TALLEYRAND, *Ministre plénipotentiaire de France près la Diète Helvétique;*

SUR LA MISSION

Remplie dans les Départements du Doubs et du Jura, en Mars, Avril, Mai, Juin et Juillet 1815;

PAR

LAFON, de Bordeaux, et LEMARE, du Jura.

RAPPORT SOMMAIRE

Fait à Son Excellence, le Comte de TALLEYRAND, Ministre plénipotentiaire de France près la Diète Helvétique;

SUR LA MISSION

Remplie dans les Départements du Doubs et du Jura, en Mars, Avril, Mai, Juin et Juillet 1815;

PAR

MM. LAFON, de Bordeaux, et LEMARE, du Jura.

PARTIS de Paris, le 14 mars 1815, avec la mission de *rallier à la cause du trône et de la liberté les amis de l'ordre*, et *de concerter avec MM. les Préfets les diverses mesures de salut public*, nous trouvâmes la route d'Auxerre à Paris couverte de troupes, qui, sous prétexte de marcher contre Napoléon, couraient se ranger sous ses drapeaux. » Le » premier régiment que nous allons rencontrer, nous » disait le 4.e de Lanciers, a bivouaqué avec nous » pendant cinq ans, pensez-vous que nous allions nous » battre contre nos camarades? «

Ce qui nous confirma dans l'opinion que le premier moyen de prévenir le retour de Bonaparte, c'était de licencier l'armée. Les cris de *vive l'empereur*, quoique sévèrement interdits par les officiers, échappaient de temps en temps aux soldats. Nous ne pûmes douter du triomphe momentané de Bonaparte, et de sa prochaine entrée dans la Capitale.

Dès ce moment, nous formâmes le plan d'établir une correspondance qui s'étendant d'Auxerre où nous nous trouvions, à l'extrême frontière, et qui, par divers embranchements, rayonnant du midi au nord et du nord au midi, nous fournirait le moyen de faire circuler la vérité, et de contre-balancer avantageusement le levier favori de Napoléon, celui du mensonge et de l'imposture. Dans cette intention, nous vîmes à Auxerre quelques personnes dans les différents partis. Nous continuâmes le même plan à Avallon, où nous passâmes la nuit; M. le Sous-Préfet, M. le Maire et M. le professeur Galli s'engagèrent à distribuer, tant par eux que par les leurs, les écrits et avis que nous leur adresserions, et à former des noyaux de royalistes, tout prêts à se montrer, lorsque les circonstances deviendraient favorables.

A Dijon, M. Corneille, l'un de nos anciens compagnons d'infortune, accepta le même rôle, et nous aboucha avec les principaux de la ville, M. et M.e Duquénet, etc.; car nous ne craindrons point de citer les noms. Ceux qui ont ont le courage de faire le bien, doivent avoir celui de le laisser publier. C'est un bel exemple qu'ils donnent, et c'est un engagement qu'ils prennent de se dévouer dans tous les temps, contre les factieux qui chercheraient encore à troubler l'ordre social.

A Dôle, nous logeâmes chez un autre ami, M. le médecin Gindre, qui, dans la même entreprise contre le tyran, avait partagé avec nous les mêmes dangers et la même proscription.

Nous devions nous attacher à démontrer aux hommes libres qu'il n'y avait rien à espérer de Bonaparte; qu'en France la république est une chimère, qui nous a coûté trop cher, et que tout autre Souverain que Louis XVIII, ne nous offrait aucune garantie; que placé sur le trône par les partisans de Bonaparte, il serait leur soutien, et continuerait contre nous le même système de persécution. Les royalistes étaient convaincus, il n'était question que d'élever leur courage: il fallait convaincre les républicains. M. Lafon visita le curé de Dôle, M. de Longpré, ex-constituant. M. Gindre dût voir M. Colinet, autre ecclésiastique, qui, de son côté, réunissait à son opinion un grand nombre de citoyens.

Delà nous nous rendîmes au Déchaux, où nous esespérions trouver M. le Préfet du Jura; il n'y était plus, son père nous reçut avec amitié; ses cheveux blancs, et la douce sérénité qui règnait sur son visage, inspiraient à la fois la confiance et le respect. Notre projet était de réinstaller M. de Vaulchier. Son père ne fut point effrayé de cette proposition; il dépêcha un courrier à son fils dans la soirée du 20 mars. C'est à quelques heures delà, chez M. de Grivel, inspecteur de la garde nationale, que nous devions arrêter les moyens d'exécution; mais les évènemens se pressaient, l'opinion se dépravait avec rapidité. — Marie-Louise arrivait avec le roi de Rome. — Les Anglais avaient favorisé l'évasion de Napoléon. — Les droits réunis étaient supprimés. — Le sel mis à deux sols la livre.— Bonaparte ramenait quatre frégates chargées d'or en barre et en lingots.

Nous craignîmes de compromettre de braves gens ; et nous nous acheminâmes vers la frontière.

Le 21 mars, nous couchâmes à Lons-le-Saunier ; nous y vîmes, dans ces deux partis qui partagaient le clergé, M. l'abbé Cassabois, directeur de l'hôpital, et M. le curé Marion, qui jouit dans toute la ville, et même dans tout le département, d'une grande popularité. Il n'a point trompé notre confiance, aucun ministre du culte n'a montré plus de courage et donné à ses confrères dits assermentés l'exemple d'un sujet plus fidèle et plus dévoué. Nous avons aussi éprouvé la plus vive satisfaction, en voyant avec quelle sagesse les anciens républicains de Lons-le-Saunier jugeaient des évènements, quelle haine ils portaient à l'ennemi de l'Europe, et quelle confiance ils plaçaient dans les Bourbons, sur qui ils fondaient le dernier espoir de la liberté ; mais nous ne pouvions revenir de notre étonnement en considérant avec quelle fureur d'anciens royalistes défendaient la cause du tyran.

Orgelet était unanime et n'a jamais cessé de l'être, sous le rapport del'attachement aux descendants d'Henri IV, cette ville est peut-être unique dans toute la France.

Les curés de Meucia et de Charchillat, quoique divisés à l'occasion du trop fameux serment, se rapprochèrent et promirent de nous seconder de tous leurs efforts : ils ont tenu parole, et ce sont eux et M. le curé de Moirans, qui, pendant quelque temps, ont été le centre de notre correspondance, et ont distribué dans tous les sens, les décrets, proclamations et autres écrits, qu'il importait de faire connaître.

Le 22 mars, nous étions à St. Claude ; en une

demi-heure, nous avions vu tous ceux qui pouvaient nous servir dans notre mission. St. Claude est, sans contredit, la ville du Jura, ou le goût des lettres et des arts est le plus dominant, où l'amour de la patrie a le plus de chaleur.

Une nouvelle télégraphique annonçait l'entrée de Bonaparte dans la capitale. Les têtes commençaient à s'exalter; nous dirons, dans une relation plus ample, la tentative que fit pour nous arrêter un nommé Guilgot, lieutenant de la gendarmerie, et comment elle échoua. Nous partîmes dans la nuit, après avoir établi des moyens précieux de correspondance, que nous complétâmes plus tard, par la voie de M. Fatin, instituteur, qui vint nous joindre dans le canton de Vaud. M. Colomb, pharmacien, et M. Mercier, instituteur, ont aussi rendu des services qui ne seront point oubliés.

Le lendemain, nous étions dans le centre de nos amis, dans le canton de St. Laurent; l'un de nous y étant né et y jouissant d'un confiance inaltérable. On y craignait le retour de la dîme, et même de la main-morte; mais personne n'osait avouer qu'il désirât Bonaparte. Notre séjour y fut d'autant plus utile, que cette vallée est peuplée de voituriers qui, sans inspirer le moindre soupçon, pouvaient distribuer pour dessert à toute la France et leurs fromages et nos proclamations. Il faudrait citer presque tout le canton, si nous voulions donner les noms de tous ceux qui nous promirent leur assistance.

Lorsque nous étions à St. Laurent, le maire, M. Bouvet dit *le Chevalier*, arrivait de Morez au galop, pour nous avertir que l'ordre était donné sur toute la frontière, tant aux employés aux douanes qu'à la gendarmerie, de se saisir de nos personnes.

M. Reffet, brigadier au poste de St. Claude, qui voulait prouver que l'Institution de la gendarmerie ne peut servir d'instrument au despotisme, en avait donné l'utile avertissement à M. Jobez, de Morez, royaliste invariable, qui dans aucun temps n'a fléchi devant les persécuteurs.

M. Célestin Mathieu, qui quoique septuagénaire, jouit encore de toutes les qualités de la jeunesse, nous promit de nous seconder de son influence dans le canton; son fils cadet, aux formes athlétiques, nous accompagna jusqu'à l'extrême frontière, c'est lui qui nous servit ensuite dans l'armée de Lecourbe, et son frère Joseph, aubergiste à Porentrui, fut pour nous un point extrêmement utile de communication.

Il était nuit, nous avions six lieues à faire pour nous mettre en sûreté. Il fallait escalader les rochers, descendre les précipices à travers 4 à 5 pieds de neige, où nous enfoncions jusqu'à la ceinture. Nous faillîmes périr de lassitude, de froid et de faim.

Le 26 mars, à 5 heures du matin, nons étions sur le territoire étranger.

Lorsque nous eûmes repris nos forces, nous nous dirigeâmes vers Zurich, auprès de Son Excellence, le Ministre plénipotentiaire de Sa Majesté, Louis XVIII, près la diète Helvétique. Vous nous reçûtes, Monseigneur, avec le désir bien marqué de trouver en nous des serviteur fidèles de Sa Majesté. Après quelques conférences, vous prîtes en nous un confiance qui est toujours allée en augmentant; et, nous l'avouerons, le besoin de la justifier n'a pas été un des moindres aiguillons qui, pendant quatre mois, ont excité notre zèle et nous ont fait affronter bien des dangers.

C'est à vous, Monsieur le Comte, que nous devons le bien, que nous croyons avoir fait, c'est vous qui nous en avez fourni les moyens, et c'est à vous que nous nous plaisons à le rapporter.

Il s'agissait, 1.° de faire circuler sur la frontière, et le plus avant possible dans l'intérieur, les ordonnances et proclamations du Roi, nos arrêtés et adresses, ainsi que tous les écrits, toutes les nouvelles que vous croiriez propres à encourager les bons, à ramener les hommes égarés, à terrifier les méchants, à empêcher les levées, à provoquer les désertions.

2.° D'orgarniser des corps de royalistes, et les tenir prêts à agir au moment convenable.

3.° De négocier avec plusieurs généraux de Bonaparte, et de préparer ou opérer la soumission des places fortes.

Pour remplir la première indication, nous cherchâmes par-tout la permission d'imprimer; nous ne pûmes l'obtenir nulle part: tant était grande la défiance qu'excitaient les dernières trahisons, ou la terreur qu'inspirait encore le nom de Bonaparte! Nous étions désolés, nous sentîmes que c'était à la ruse qu'il fallait recourir, où la franchise avait échoué. Le commerce nous donna une presse. La première pièce qui en sortit, fut notre adresse du 20 avril; elle fit une si grande sensation, que nous croyons devoir rapporter ici toute entière.

Du Mont-Jura, le 20 avril 1815.

AUX CITOYENS

Des Départements de l'Est.

Bonaparte reparait, et le fruit de nos sueurs n'est plus à nous, nos bestiaux, nos moissons sont menacées d'être sa proie ou celle de l'étranger, nos enfans ne nous appartiennent plus... Nous n'avons pas une goutte de sang qui nous appartienne.

Sa nature est de mentir pour règner, et de règner pour être despote; c'est ainsi qu'il est connu de toute la terre.

Mais aujourd'hui qu'il frémit de son isolement, qu'il a besoin du peuple et qu'il veut nationaliser la guerre, il promet la liberté!!! et nous méprise assez pour espérer que nous croirons à sa promesse. Mais si, par le sacrifice d'un million de Français crédules, il restait vainqueur, les hommes libres n'obtiendraient de lui que l'esclavage ou la mort.

Les mêmes instruments ne peuvent servir le tyran Bonaparte, et Bonaparte restaurateur de la liberté; il conserve ses anciens Ministres, son ancienne Police, ses anciens Conseillers, ses anciens Satellites, ses anciens Sicaires, ses anciens Flatteurs; il convoque ses anciens Corps électoraux, et il nous promet une constitution libérale!!! Ce serait la troisième que nous tiendrions de sa main; car il nous donna la constitution consulaire, et la constitution impériale. Mais la France ne l'a-t-elle pas entendu, le 19 brumaire à 9 heures du matin, jurer de défendre jusqu'à la mort la constitution de l'an trois, et à midi du même jour déclarer que ce n'était qu'un débri? Que lui importent les constitutions, s'il reste Chef? Ce sont de vains jouets dont il amuse la crédulité publique.

Et quand, s'abjurant lui-même, Bonaparte voudrait nous rendre la liberté qu'il nous a ravie, cela n'est point en son pouvoir. Les ennemis du despotisme, dont se compose la partie saine, et énergique de la France, savent que sa bouche est l'antre du mensonge; ils n'attendent que le signal pour se lever contre le destructeur de toute liberté, le profanateur de toute religion. Et l'Europe entière *L'a placé hors des relations sociales*, l'a déclaré « le perturbateur du repos du monde, et a manifesté » à la face de l'univers qu'il ne saurait y avoir ni PAIX ni TRÈVE avec lui. » Elle se précipite contre le spoliateur, le dévorateur du genre humain; et c'est pour la seconde fois, et avec une impulsion dix fois plus terrible, qu'il attire contre la France les innombrables phalanges de l'étranger.

Comment les repoussera-t-il, lui qui en deux ans perdit trois grandes armées, de Moskou, à Wilna, de Leipzig à Mayence et de Mayence à Paris; lui qui ne compte plus un seul allié; lui qui ne règne plus que sur une partie de la France, qui n'a pour soldats que des révoltés, que l'honneur peut à chaque instant détacher de sa cause, et pour généraux que des traitres et des parjures.

Non, il ne vaincra point; depuis trois ans il a perdu le chemin de la victoire, il ne le retrouvera plus. Nous en jurons par les mânes du Duc d'Enghien, de Pichegru, de Malet, par le traité de Paris qu'il a violé, par la magnanimité de l'Empereur Alexandre, qu'il n'aura pas trompé en vain, par toute l'Europe conjurée, par tous les Français vertueux.

En vain des insensés chercheraient-ils à défendre ce chef des brigands. Malheur, malheur à ceux qui se déclareront ses complices! Seuls, ils supporteront tous les frais de la guerre, tout le poids de l'indignation universelle. Toutes leurs démarches nous seront connues. --- Au jour de la colère, les Commissaires du Roi ne serviront d'égide qu'aux citoyens fidèles.

Le Roi venait avec des idées libérales. Ce sont les agents de Bonaparte conservés trop généreusement dans les emplois supérieurs, qui par leurs trahisons nous ont empêchés d'en jouir. Le Roi veut la liberté, il nous a chargés de vous la promettre. *La France ne peut vivre sans elle.* Commençons à nous en ressaisir. Hommes libres! à quel parti que nous ayons appartenu, réunissons-nous, punissons le tyran, et l'honneur national est vengé, l'Europe nous admire, s'arrête dans sa marche et se fraternise avec nous. Dans les transports d'un juste enthousiasme ne craignons point de nous écrier: Plus de Noblesse que celle qui aura conquis ou renouvellé ses titres par sa conduite en 1815, plus d'emplois publics que pour ceux qui dans cette année décisive auront prouvé leur dévouement à la patrie, plus de droits réunis, plus de Corse, plus de Tyran, plus de guerre. *Vive la liberté, Vive le Roi*!!!

Les Commissaires du Roi dans les Départemens de l'Est.

LEMARE, *du Jura*, LAFON, *de Bordeaux*.
Le M.is de JOUFFROY, *Adjoint à la Commission*.

Obligés de nous séparer souvent pour agir sur différents points, et frappés de l'inépuisable activité de M. le Marquis de Jouffroy et de son courage imperturbable, nous l'adjoignîmes à cette époque à la commission. Il a augmenté considérablement nos moyens par son influence dans le département du Donbs, et s'est constamment empressé à partager nos fatigues et nos périls. Bientôt après il fut rejoint par son fils Hypolite, heureux jeune homme, qui n'a d'autre crainte que celle de ne point faire assez pour imiter son père. Il a porté nos commissions à travers les corps-francs et les douaniers, et nous ne pouvons dire avec quelle adresse avec quel bonheur, ou plutôt par combien de miracles il a si souvent échappé à leurs poursuites. Il a fait aussi auprès de la commission, de la manière la plus désintéressée, les fonctions de secrétaire.

La surveillance du gouvernement dit impérial, n'était point encore éveillée sur ce genre d'attaque.

L'adresse du 20 avril fut répandue dans le Doubs et le Jura avec une étonnante profusion; M. Bergerot, avoué à Louhans, la distribua dans le département de Saône-et-Loire. Les postes étaient encore libres; plus de mille exemplaires furent disséminés par cette voie dans toute la France.

Elle fut réimprimée à Paris, par les soins de M. Vandel, professeur à Ste. Barbe, et à Langres, par ceux de M. de Corgéas. Elle excita la colère du gouvernement de Bonaparte, qui publia contre nous un article furibond dans le Moniteur.

Elle était suivie des nouvelles officielles. Cet écrit jeta l'effroi dans l'ame des Bonapartistes, qui commencèrent à désespérer de leur triomphe, et rassura un grand nombre de partisans des idées libérales; mais il rendit sur toute la ligne les communications extrêmement difficiles. Les employés aux douanes se signalèrent dès ce moment, par une rage d'inquisition qu'il est impossible de décrire; ils déshabillaient hommes, femmes et enfants. Race plus sotte encore que méchante, ils pensaient que c'était en détail que se faisait l'introduction, tandis que c'était par ballots qu'on transportait, et nos imprimés et nos lettres, jusqu'à 6, 8 ou 10 lieues de la frontière, pour les faire rétrograder ensuite en détail, et les répandre dans l'intérieur. Des hommes hardis et bien payés, quelquefois même des employés aux douanes, car il y a par-tout de bons citoyens, se chargeaient de ces commissions. Nous avons eu le bouheur de ne compromettre aucun de nos agents, et de tous les porteurs d'écrits ou de correspondances qui ont été arrêtés, il n'en est pas un qui l'ait été à cause de nous.

LISTE des pièces que nous avons fait imprimer et distribuer.

1.° Ordonnances et proclamations de Sa Majesté Louis XVIII.—Bulletins officiels, etc. Pièces jointes, *N.°* 1.

2.° Divers extraits du journal Universel, imprimé à Gand.

3.° Congrès de Vienne. — Conférence du 12 mai. *Pièce jointe*, *N.°* 2.

4.° *Idem* avec des réflexions. *Pièce jointe*, *N.°* 3.

5.° Bonaparte au 4 mai. *Pièce jointe*, *N.°* 4.

Cet écrit, le plus marquant de cette époque, est attribué à M. Nodier, il est digne de l'auteur de la Napoléone.

6.° Aux citoyens des départements de l'Est: cette adresse est du 20 avril. *Voyez page* 9 et *pièce jointe*, *N.°* 5.

7.° Autre adresse. *Pièce jointe*, *N.°* 6.

8.° Arrêtés des Commissaires du Roi dans les départemens de l'Est, sur les corps-francs et les gardes nationales. *Pièce jointe*, *N.°* 7.

9.° *Arrêté du 16 juin*, précédé d'un considérant qni présente l'état de la France et celui de l'Europe. *Pièce jointe N.°* 8. Ce considérant produisit une telle impression, que nous avons cru devoir l'insérer ici.

LES COMMISSAIRES DU ROI,

Cconsidérant que l'heure de la délivrance est sonnée;

Que par la défaite et la chûte de Murat, qui menaçait de conquérir ou de soulever l'Italie, et d'opérer par l'Est de la France sa jonction avec l'armée dite Impériale, le PROSCRIT a perdu la moitié de ses ressources;

Qu'à l'Est, une armée austro-sarde appelle à la réflexion le Dauphiné, honteux d'avoir pu croire à la liberté promise par Bonaparte, réveille l'énergie du Midi, et ranime l'espoir de Marseille;

Que l'Autriche victorieuse, après avoir proclamé dans Naples S. M. le Roi Ferdinand et remis à l'armée anglo-sicilienne la garde de ce royaume, vient avec deux nouvelles armées appuyer l'armée des Alpes;

Qu'au Sud-ouest, l'Espagne et le Portugal tendent la main aux Basques, aux Toulousains et aux Bordelais;

Que l'Ouest a secoué le joug du Tyran;

Qu'au Nord-est d'immenses armées russes, Bavaroises, wurtembergeoises, autrichiennes, hessoises, etc., etc., sont accumulées depuis Bâle jusqu'à Mayence, offrant leur appui aux braves habitants du Doubs et du Jura, et par leurs masses imposantes invitant à un prompt repentir l'Alsace et la Loraine;

Qu'au Nord-ouest, les troupes royales dont le nombre s'accroît à chaque instant, et les phalanges innombrables d'Anglais, d'Hanovriens, de Bataves, de Prussiens, précèdent les Danois et les Suédois, et la seconde et troisième armée russe, appelées par les vœux impatients de la Flandre et de la Picardie;

Qu'enfin le PROSCRIT, serré de toutes parts avec ses aveugles satellites, va faire éclater sur tout ce qui l'entoure, la juste vengeance qu'il a provoquée;

Que ceux qui par erreur, séduction ou malice se sont attachés à son char près de voler en mille éclats, n'ont plus que le temps de s'arracher de ce foyer de désastres et de mort;

Qu'il est urgent de fournir aux Citoyens fidèles des moyens de se séparer des rebelles, et de servir utilement le Roi et la patrie;

ARRÊTENT :

Les fonctionnaires reprendront sur-le-champ les places qu'ils occupaient au mois de mars dernier. Ils feront arborer le drapeau blanc sur les édifices publics de leurs communes, et enverront des députés pour en instruire les Commissaires dn Roi, etc.

Mont Jura, 16 juin 1815.

Les Commissaires du Roi dans les départemens de l'Est,

LAFON, *de Bordeaux*, LEMARE, *du Jura.*

Le M.is DE JOUFFROY, *Adjoint de la Commission.*

Hypolite DE JOUFFROY, *Secrétaire de la Commission.*

10.° La pièce suivante, *jointe N.° 8.*

LEMARE,

Aux anciens Républicains du Jura. (*)

C'EST comme ami que j'ai besoin aujourd'hui de vous parler.

Proscrit par toutes les tyrannies, ne m'avez-vous pas toujours vu reparoître dans les moments de crise, et toutes les fois qu'il s'est agi de défendre la liberté? Ai-je une fois pâli devant les tyrans? Vous ai-je une fois trompés ou abandonnés dans le péril? Ai-je vendu vos intérêts? Ma main s'est-elle une seule fois ouverte aux dons de vos ennemis? Ai-je une seule fois abusé des nombreuses marques de confiance dont vous m'avez comblé? Ai-je souffert qu'on déshonorât la plus belle des causes par des voies arbitraires et des proscriptions? Qui est-ce qui eut le courage de s'élever contre l'établissement d'un tribunal révolutionnaire dans le Jura? Qui fit suspendre les comités de surveillance? Qui prêcha au milieu de la plus effrayante Anarchie la tolérance politique et la tolérance religieuse? Qui brava si souvent pour vous, et pour la défense de tous les opprimés, l'exil et la mort?

(*] Cet appel sera aussi entendu de ceux du Doubs, de Saône et Loire, et de Paris.

Lorsque, après avoir jeté le turban, le désèrteur de l'armée d'Égypte vint au 19 Brumaire usurper le pouvoir, ai-je préféré lâchement de conserver la présidence du département, ou d'accepter une *place lucrative* qui m'étoit offerte, à l'honneur de vous signaler le tyran, qui depuis s'est illustré par tant de crimes? Lorsque jouissant de la considération publique au sein d'uu établissement de ma création, fréquenté par la jeunesse de toute l'Europe, j'ai pu concevoir l'espérance de délivrer ma patrie du joug qui l'accablait, ai-je consulté mon repos, ma sûreté. et craint de m'associer à la périlleuse entreprise de notre compatriote, le Général MALET?

Aujourd'hui l'auteur de tous les fléaux reparaît sur la Scène; et après vous avoir si long-temps négligés, méprisés ou proscrits, il s'annonce comme votre libérateur. Un tel excès d'audace, ou plutôt d'effronterie a réveillé mon ame, j'ai senti que mon cœur n'avait point vieilli, je me suis élancé vers vous, pour vous faire entendre encore une fois les accents de la vérité. Vous savez que jamais le mensonge ne souilla mes lèvres, que jamais le vil intérêt ne dirigea mes pas. Braves amis! écoutez ma voix: je suis accouru pour vous sauver du déshonneur, de l'esclavage et de la mort!. Le tyran est pressé de toutes parts, une invincible nécessité le précipite à sa ruine, rien ne peut arrêter sa destinée. Irez-vous, en vous attachant à son char, justifier d'anciennes imputations et faire sourire d'une joie féroce l'ennemi du genre humain, entraînant dans sa chûte ce qui reste encore d'hommes libres? Non: Vous entendrez le cri de l'amitié, qui vous montre le précipice où le tyran vous appelle. Vous vouliez la Liberté: Est-ce Louis XVIII qui est un tyran, ou est-ce Bonaparte? Il n'y a plus en Europe que deux classes d'hommes, les bons et les méchants; les ennemis et les amis de la tyrannie. Bonaparte est déclaré tyran par toute l'Europe: toute l'Europe a juré de le punir. Les anciens républicains se feront-ils exterminer pour défendre un tyran... un tyran, dont les jours sont comptés, dont le sort est inévitable?

Louis XVIII m'envoie au milieu de vous pour *vous rallier à la cause du trône et de la liberté.* Relevez vos fronts humiliés: méritez cette liberté qu'il vous offre, acquérez le droit d'en jouir, et d'avoir accès à tous les emplois, d'après vos vertus, vos talents, et vos services. La liberté des cultes est aujourd'hui un dogme européen; aucune puissance ne peut rallumer le fanatisme. La dîme et les droits féodaux ne sont que de vains rêvés enfantés dans des cerveaux malades ; ou que de perfides épouvantails inventés par les agents du tyran.

Le drapeau tricolore, qui nous fut si cher, a été dépopularisé par Bonaparte ; rallions-nous aux couleurs d'Henri IV. Le nouveau pacte social qui nous est apporté par le nouveau père du peuple les a nationalisées.

La révolution est fixée, Louis XVIII va nous rendre ce que nous avions voulu, mais dégagé du ferment qui pouvait le corrompre, et va joindre au nom si doux de *Désiré* le titre glorieux de *Restaurateur de la Liberté française* : *Vive la Liberté ! Vive le Roi !*

Mont-Jura, 25 juin 1815.

LEMARÉ.

Permettez, Monsieur le Comte, à l'auteur de cette adresse de consigner ici comme une douce récompense de son dévouement, le jugement que vous en avez porté

» Je ne saurais vous exprimer combien j'ai été satis» fait de votre adresse personnelle aux *anciens répu» blicains de l'Est* ; elle augmente encore l'estime et » l'amitié que je vous ai vouées, Monsieur, pour la » vie. Votre manière de voir fait également honneur à » votre esprit, à votre jugement, à votre cœur et à » votre patriotisme. «

OUTRE

Ces diverses pièces imprimées par nous, nous avons mis à la distribution les journaux de Gand, qui nous ont été adressés par votre Excellence, et plusieures brochures, qui nous ont été transmises de Montmélian, de la part de M. le Comte Jules de Polignac, par M. Genoude, professeur à l'université de Paris.

Pour faciliter en Suisse le séjour ou le passage des royalistes, obligés de quitter la France, nous avons fait imprimer un millier de passeports à l'étranger, et placé sur la frontière des agents fidèles, pour les délivrer. *Pièce jointe*, *N.°* 10.

Ces passeports mirent dans un étrange embarras quelques fonctionnaires publics du canton de Vaud, qui frémissaient à la vue de ces mots : AU NOM DE SA MAJESTÉ LOUIS XVIII, et de la signature des commissaires du Roi, et n'osaient cependant, à cause de la diète et des autorités militaires, en arrêter les porteurs, ou les reconduire à la frontière, comme ils le faisaient auparavant.

Le nommé F....., juge de paix d'Yverdon est le seul qui se soit permis d'arrêter le porteur d'une semblable pièce, M. Noël de St Claude ; mais celui-ci se fit conduire devant le brave général Gadi, qui fit respecter et la personne et le passeport.

INDÉPENDAMMENT

Des imprimés que nous avons fait répandre, nous avons écrit 5 à 6 cents lettres particulières aux hommes les plus influents, soit pour leur donner des avis importants, soit pour les rallier à la bonne cause.

Voici celle que nous adressâmes le 2 juin au général Lecourbe :

Mon Général,

Lorsqu'à votre départ de Lons-le-Saunier on s'étonnait du nouveau parti que vous paraissiez avoir embrassé, vous dites : *attendez quelque temps avant de me juger.*

Ces paroles ont retenti dans les cœurs des amis de votre gloire et s'y conservent précieusement. Car ils ne croient point que l'illustre compagnon d'armes, le courageux ami du général Moreau, un héros dont les lauriers sont sa tâche, ait, au lieu de soutenir un si beau caractère, cessé tout d'un coup d'être lui-même pour devenir un sujet ingrat, un lâche parjure, vendre sa réputation et son ressentiment.

Les fastes militaires n'offrent l'exemple d'aucun héros qui se soit réconcilié avec son proscripteur et l'assassin de son ami... Ce n'est point le général Lecourbe qui a pu croire à la conversion de

Bonaparte; ce n'est point la crainte d'une nouvelle proscription qui a pu le rapprocher du proscripteur, cette considération est trop indigne d'un héros pour avoir déterminé sa conduite... L'amour de la patrie ne lui a point commandé le sacrifice d'une juste vengeance.

Bonaparte et la patrie! Ces deux idées sont aussi contraires que celle de ciel et d'enfer, que celle de Bonaparte et de Moreau, et toute l'Europe l'avait cru, que celles de Lecourbe et de Bonaparte.

Ce n'est point vous, général, qui avez calculé les chances du succès pour vous ranger sous la loi du tyran. Ce serait d'une manière trop visible manquer de jugement, et ce lâche calcul contraste trop avec votre vie entière. Il n'a pu entrer dans l'ame d'un militaire Français, d'un Franc-Comtois, d'un Jurassien, du général Lecourbe.

Les partisans du tyran, ceux qu'il a compromis par de grands crimes, ou flétris per de grandes ignominies, n'osent se flatter de le voir triompher. Ainsi, en vous attachant à son char, près de voler en mille éclats, vous perdriez et votre renommée et votre existence; et votre nom qui n'était proscrit que par le crime, que par un tyran; le serait par la vertu, par toute l'Europe. Les amis de votre gloire espèrent que vous n'avez repris du service que pour venger et votre Roi, et la France et l'Europe et vous-même. Proscrit vous étiez sans force.

Un héros arrêté n'a que deux bras à lui.

Maintenant vous en avez quarante mille. Qu'au moment favorable un grand service signale donc votre amour pour la patrie et votre haîne contre le tyran!

Que devez-vous à Bonaparte? 12 ans de proscription... Songez que Bonaparte a tué nos compatriotes Pichegru et Malet, voulez-vous être la troisième victime qu'il prendra dans le Jura? Non, vous partagerez leur gloire, mais plus heureux qu'eux vous verrez la délivrance de votre patrie.

Vous savez, M. le Comte, que rien n'a été négligé pour rattacher à la cause du Roi, le général Lecourbe; la négociation qui dut être entamée les premiers jours de juin, par M. Muard, de Vouglans avec ce général, ne put l'être malgré sa bonne volonté, à cause de la mise en surveillance dont fut frappé le négociateur.

Voyez la déclaration de M. Muard, à la suite de

notre procuration du 28 mai, pièce jointe n°. 11.

Nous insérerons encore ici la lettre suivante :

A M. Bourdon, Commissaire extraordinaire.

Celui qui vous écrit est un ancien de la montagne, et qui partagea deux fois avec Malet l'honneur de conspirer contre le tyran Bonaparte. Vous vous êtes couvert d'une gloire immortelle en frappant son prédécesseur, le tyran Robespierre. Toute l'Europe connait votre énergie, votre courage et vos talents, tournez-les contre Bonaparte ; je me charge de vous réconcilier avec les Bourbons, et les honneurs et les dignités seront glorieux de vous appartenir. Indiquez-moi un pays neutre, tel que Genève, nous nous entretiendrons comme de vieux et braves républicains des moyens de rendre cette crise utile à la liberté, S. M. Louis XVIII fera des améliorations importantes à la Charte constitutionnelle [1].

Vive la liberté! Vive le Roi!!!

LEMARE, du jura.

Genève, 5 *juin* 1815.

Mon adresse *chez M. Boonguiod, à Genève.*

Nous avons fait connaître dans le temps, les causes du séjour de Lucien Bonaparte à Prangins, et dans le pays de Gex, ses intrigues et ses distributions d'argent dans le pays de Vaud, ses projets sur sa sainteté qu'il devait entraîner à Lucerne ; l'essai qu'il fit à Genève de la cocarde tricolore, qui y fut promenée par le génois Oddo, receveur des douanes à St. Claude ; les voyages que fit chez Lucien la femme Oddo, née Galli ; comment nous fîmes partir à jour et heure nommés pour Paris ledit Lucien, sans qu'il pût soupçonner d'où partait le fil invisible qui le fit mouvoir. (2) Tous les détails sont entre les mains de votre Excellence.

---

[1] Nous avons cru que c'est Léonard.

(2) Nous fîmes arrêter au grand Sacconay, par les employés aux douanes un petit savoyard qui portait, cousu sur son épaule, un morceau de linge où était tracé un plan de conspiration contre Bo-

Nous vous avons aussi fidèlement instruits des forces et dispositions des troupes qui étaient sous les ordres du général Lecourbe. Les nombreuses intelligences que nous avions dans les bataillons du Jura nous ont mis à portée de vous fournir des renseignements aussi sûrs que précieux. Vous avez su aussi que ces mêmes bataillons ont les premiers donné l'exemple, en désertant les drapeaux des rebelles.

Nous avions en Suisse trois rendez-vous principaux.

A Vincy, chez M. le baron du même nom. C'est là qu'ont afflué pendant deux mois, d'un grand nombre de départements, les royalistes qni voulaient rejoindre Sa Majesté, ou qui nous apportaient des avis de l'intérieur.

A Genêve, chez M. Bouguiod de St. Claude, c'était sur-tout le rendez-vous du midi. Le zèle, les démarches, les sacrifices de M. et de M.de Bouguiod pour la cause du Roi, ont été constamment au-dessus de toute expression.

A Neuchâtel, chez M. de Pierre, maire de cette ville, conseiller d'état, aussi bon, aussi dévoué royaliste que Suisse fidèle.

M.lle Trachsel, à Nyon, M. Kirvan, à Coppet, M. Roland, à Rolle, M. Triboux dit le Maître, à St. Cergue, accueillaient aussi les bons Français et servaient

---

naparte. La pièce mystérieuse fut remise à Luciem, ainsi que nous l'avions présumé. Le prince trouva l'affaire si importante, si urgente qu'il fit tordre son linge qui était à la lessive et partit une heure apès pour courir déjouer la grande conspiration.

Le petit savoyard joua bien son rôle, il fit semblant d'être effrayé, on le menaça, il ôta sa veste, montra l'endroit où était cousu le chiffon et il fut renvoyé comblé d'éloges.

la cause Européenne, chacun selon leurs facultés et leur pouvoir, avec un zèle tout particulier.

En France, les divers points de réunion étaient à Morez, chez M. Grandperrin, directeur des postes, qui a sauvé plusieurs proscrits, reçu notre correspondance et s'est exposé à tous les périls avec uu air de simplicité qui a imposé à la malveillance.

M. François Cochet nous a servis aussi avec empressement, et n'a pas craint d'avoir avec nous sur la frontière une entrevue qui nous fut très-utile, mais qui pouvait sérieusement le compromettre.

Aux Rousses, chez M. le curé Paget, qui, par la proximité des frontières et son zèle connu depuis 25 ans, devint trop tôt l'objet d'une stricte surveillauce, et fut mandé au chef-lieu du département, où il fut retenu jusqu'à l'entrée des alliés.

A St. Laurent, chez M. Bouvet dit *le Chevalier*, et qui mérite de le devenir par la générosité de ses sentiments et l'intrépidité de sa conduite.

A St. Claude, chez M. Colomb, pharmacien, qui n'a cessé de répandre des avis salutaires. C'est le même qui dans la conspiration Malet, nous rendit des services que le succès de l'entreprise aurait mieux fait apprécier.

A Moirans, Charchillat et Meucia, chez MM. les curés. *Voyez page* 6.

A Lons-le-Saunier, chez M. le curé Marion, *voyez* (*ibid.*)

A Louhans, chez M. Bergerot, avoué.

A Dole, chez M. Gindre, médecin. *voyez pag.* 4.

A Dijon, chez M. Corneille : ces deux derniers avaient fait preuve de capacité et de courage, lorsqu'ils se dévouèrent avec le général Malet pour la délivrance de l'Europe. *Voyez pag.* 4.

A Besançon, chez M. Janson, si connu par la conspiration Pichegru et Moreau, et dont le zèle et le mérite sont au-dessus de sa réputation.

A Pontarlier, chez M.e de Mesmay, femme inappréciable par son activité, son courage et son dévouement, qui, malgré la proscription de son mari, sut encore rendre à la cause du Roi, de grands et de nombreux services.

A Pierrefontaine, chez M. Jeanmaire, maire de cette commune, chef-lieu du canton, qui jouit dans tout l'arrondissement d'une confiance illimitée.

C'est lui qui le premier dans le Doubs, long-temps avant l'arrivée des alliés, arbora le drapeau blanc, leva et arma quatre cents royalistes, sut faire respecter le nom de Louis XVIII, au milieu des corps-francs, et força le général Laveaux de retirer sa troupe.

Quartier général du Mont de Fuans, le 12 juin 1815.

M. le Maire de Pierrefontaine.

Espérant que vous serez plus calme et plus tranquille à l'avenir, et que vous ne chercherez plus à soulever les communes pour une cause qui nous est parfaitement étrangère, je me décide à retirer les troupes que j'ai envoyées dans votre commune.

Le général LAVEAUX.

Veuillez remarquer, M. le Comte, que les troupes de M. le général, entourées de bivouacs royalistes, avaient passé la nuit dans les transes, le sac sur le dos.

Il est vrai que M. Jeanmaire rapporte une partie de cette gloire à M. Brullot, de Lorray, et à M.

Lapran, greffier du juge de paix, qui, en effet, ne lui cèdent ni en courage ni en dévoûment.

A Morteau, chez M.e Sandré de Valonne, femme du juge de paix, lequel, pendant deux mois, s'est occupé avec nous de l'organisation royale, dressant les contrôles, passant des revues et bravant toutes sortes de dangers.

Si le mouvement de Goumoy eût été, comme nous le désirions, combiné avec celui de Pierrefontaine, celui de Morteau et autres, il eut été infailliblement plus heureux.

La brave centurie qui fit ce mouvement, eut été bientôt centuplée: cette armée eut enveloppé les corps-francs et se serait portée sans obstacle dans le Jura qui l'attendait et jusques sous les murs de Besançon, où introduite par les chefs militaires et réunie aux braves habitants de cette place, elle eût entraîné ou comprimé la garnison. Mais faute de connaissances locales, on prit une fausse direction et l'on fit manquer une des opérations qui devaient faire le plus d'honneur au Doubs et au Jura, ainsi qu'aux commissaires envoyés dans ces départemens.

Cependant, M. Jeanmaire ne perdit point le moyen d'illustration qui lui était offert: au signal que nous lui donnons, il écrit à soixante-deux maires, et dans quelques heures et presque au même instant, avant l'entrée des alliés, le drapeau blanc flotte dans soixante-deux communes, sur toutes les maisons, presque à toutes les croisées. En arrivant, nous entendons par-tout le son des cloches se mêler aux cris mille fois répétés de *vive le Roi!* Que ne nous est-il permis de citer ici les noms de tous les maires de ces communes! Notre arrêté du 16 juin, *voyez page 14*, avait produit un effet électrique, qui se serait étendu dans le Jura, si la distribution en eût été simultanée.

Il est constant que sans les obstacles apportés par les alliés et sans la précipitation des évènements, plusieurs arrondissements eussent commencé une vendée, qui aurait fait des progrès rapides et honoré la Franche-Comté.

Il ne faut point envoyer de commandants militaires aux peuples qui s'insurgent, c'est dans leur sein qu'ils doivent se trouver. Jean Hofer eût été mal remplacé dans le Tyrol par le plus habile général. Il est des hommes qui jouissent du don de l'entraînement. La présence de M. le comte de Scey, agissant au nom de Louis XVIII, pouvait beaucoup sur toute la frontière du Doubs et du Jura.

MM. Curasson, avocat, Curie, avoué, Cupillard, ex-procureur au parlement, Dormoy-Maire, avocat, amis et collaborateurs de M. Janson, ont fait sentir au loin l'influence de leur caractère; et si la crise s'était prolongée, il n'y a point de doute qu'il n'eussent joué dans le drame politique, un des premiers rôles.

Vous aviez mis beaucoup d'importance, M. le Comte, à décider les places frontières en faveur de S. M. Louis XVIII; nous nous en occupâmes dès les premiers jours de juin, avec une grande activité; mais ce n'est qu'en juillet que nous pûmes obtenir quelques résultats.

M. Janson fut chargé de procuration pour agir auprès du général Marulaz, et nous l'avions autorisé de votre part à mettre tout en œuvre pour lui faciliter les moyens de faire reconnaître, dans la citadelle de Besançon et le fort de Joux, le Souverain légitime.

Ce général, par ses fréquentations avec les royalistes, avait donné quelque espoir aux commissaires du Roi. Avant d'arriver jusqu'à lui, M. Janson, secondé par son gendre, M. le chevalier Stanislas de Laveaux, officier de cavalerie, prit auprès de M. Petitpierre, chef d'état-major, et du major Ponteney, des renseignements plus positifs, qui ne furent point encourageants. Pour mieux sonder les intentions secrètes du général, il fit essayer par les jeunes royalistes quelques démonstrations; elles furent accueillies avec brutalité.

M. Janson abandonna donc toute idée de négociation et tourna toutes ses vues vers un autre but; il provoqua la désertion par tous les moyens possibles, et sur-tout en faisant répandre les ordonnances du Roi, les nouvelles et les proclamations qui lui étaient adressées par les commissaires, avec lesquels il n'a cessé d'être en communication.

D'un autre côté, près de deux mille royalistes s'étaient organisés dans la place même. MM. Gindre et Jobard cadet, à Dole; MM. Corneille et Chambellan, à Dijon; MM. Jeanmaire, Lapran, Vuillier, Marguet, Pourcelot et autres, dans les montagnes du Doubs, se préparaient à soutenir ce mouvement avec des forces considérables.

Le succès était d'autant plus certain, que M. Janson avait dans la place des intelligences nombreuses, et communiquait immédiatement avec le chef de l'état-major, M. de Petitpierre, le major Ponteney, le chef de bataillon Sommeiller, les capitaines Pothey, Vincent, Lainé, Renaudot, capitaine d'artillerie en retraite, et le lieutenant Jomin, tous déterminés à se prononcer d'une manière éclatante au moment décisif. Mais encore une fois, les événements se sont pressés et n'ont pas laissé aux sujets fidèles le temps de déployer tous leurs efforts.

M. Gomion, notaire à Pontallier-sur-Saône, sur lequel chaque phase de la révolution avait attiré une persécution nouvelle, s'est signalé dans celle-ci, par un zèle, une intelligence, un dévouement qui doivent lui faire trouver une des premières places dans ce rapport. On ne peut donner assez d'éloges à la manière dont il a rempli les missions importantes qui lui ont été confiées par vous, Monseigneur, et par Son Excellence M. le baron de Krudener, ministre de Sa Majesté le Magnanime Alexandre, l'objet de l'admiration de l'Europe et de l'amour de tous les Français.

Dans les moments difficiles, M. Gomion a paru se multiplier; il osa, avec M. Janson, aborder deux fois le maréchal Jourdan, à la porte duquel flottait encore avec pompe le drapeau tricolore, et sur qui resplendissait tout le luxe des faveurs de Bonaparte. Ces deux fidèles serviteurs osèrent représenter à son Excellence, avec quelle impatience la ville de Besançon souffrait les signes de la rebellion et de la servitude, les scènes funestes que pouvait entrainer une vue aussi provoquante. Enfin le drapeau blanc fut arboré le 19 juillet, au milieu des transports de l'alégresse générale, qui ne fut troublée par aucune rixe, malgré les craintes qu'on avait manifestées. *Voyez pièces*, *N.os* 12 et 13.

M. Gomion eut un plus prompt succès auprès des braves officiers qui commandaient à Morez, Salins et Champagnole (*), et auprès des simples soldats qui, à sa voix déposèrent leur férocité. C'est à votre nom, Monseigneur, invoqué par M. Gomion, qu'ont été

---

[*] Le général Gossard, Moitié, son aide-de-camp, Bordey, chef de bataillon, et Larminat, capitaine au 3.e régiment,

conservées au Roi et à la patrie, les villes de Salins, de Champagnole et de Morez, qui, par une folle résistance, allaient, comme les Rousses, devenir la proie des flammes.

Nous ne devons point oublier ici les actes presque incroyables de dévouement de M. Neuschwander, qui, à ses frais et au péril de sa vie, a su trois fois nous apporter les dépêches de M. Janson, lui rendre nos réponses, et inonder le Doubs de nos écrits; nous ne pouvons lui comparer qu'un autre agent de M. Janson, M. Bouveret, ce royal propagandiste, qui a su également sacrifier et sa fortune et sa vie, pour la sainte cause qui vient de triompher.

Nous ne nous sommes point asservis à l'ordre chronologique; et puisqu'il est question de la soumission des places, nous allons terminer cet article par celle du fort de Joux.

MM. Fauche Borel, le chevalier de Mesmay et le maire de Pontarlier avaient conféré plusieurs fois avec le gouverneur de ce fort. Il s'agissait d'y faire arborer le drapeau blanc et d'obtenir pour l'armée fédérale Suisse un libre passage, soit pour les vivres, soit pour retourner dans ses foyers; l'arrondissement de Pontarlier ne pouvant plus suffire à l'approvisionnement de 30 mille Suisses, qui allaient se trouver débordés par l'armée autrichienne. Nous nous rendons au fort, avec M. Fauche; le conseil de défense est assemblé, la garnison mise sous les armes. On nous inspirait des craintes, nous nous offrons à paraître seuls, au milieu des soldats armés.

Cette espèce de défi termina tout; les membres du conseil de défense se levèrent spontanément et nous précédèrent.

» Les commissaires du Roi viennent avec confiance » au milieu de vous, pour vous instruire des évène- » ments: tel fut le début du discours que prononça le commandant; et toute la garnison qui avait les yeux fixés sur nous, vit que M. le commandant ne les trompait point. » Tout est terminé, continua-t-il; » braves vétérans, vous avez tout fait pour la gloire; » vous ne perdrez point en un instant les droits que » vous avez acquis aux récompenses nationales, au » prix de tant de sueurs et de sacrifices. »

Il parla aux canonniers, aux retraités, gardes nationaux et employés aux douanes un langage qui fut également entendu, et s'écria avec enthousiasme: » C'est en arbo- » rant le drapeau blanc national, que nous allons donner » un gage de notre fidélité à la nation et au Roi. Vive » le Roi!

» C'est au milieu des fêtes, ajouta-t-il, que nous cé- » lébrerons cet heureux évènement; 21 coups de canons » vont l'annoncer; aujourd'hui et demain, vous recevrez » une double ration. *Vive la Nation! Vive le Roi!* «

Besançon tenait encore, et la brave garnison du fort de Joux eut l'honneur de comprendre que la nouvelle de l'arrivée du Roi à Paris, l'affranchissait en ce point de toute hiérarchie, et lui tenait lieu de tous les ordres qu'elle pouvait recevoir. Nous dînâmes au fort et liâmes amitié avec les braves membres du conseil; savoir: MM. Colin, adjudant du génie; Martin, capitaine des douanes; Marsoudet, capitaine retraité; Hénon, capitaine d'artillerie; Renaudot, chef de bataillon d'artillerie; et Thivol, commandant d'armes.

Le lendemain, l'armée fédérale commença à défiler sous le fort, et l'arrondissement de Pontarlier, qui succombait sous le poids des réquisitions, reçut un grand soulagement.

Une singulière anecdote qui nous arriva à Lons-le-Saunier, avança d'un jour cet évènement.

Nous faisions réimprimer notre adresse du 20 avril, avec quelques notes. *Voyez pag.* 9. Le commissaire de police, appuyé par M. le Marquis de Ch......, prétendit qu'elle devait être soumise à son visa. Cette étrange prétention nous fit retirer à l'instant l'adresse notée, et nous partîmes pour le fort de Joux, laissant peut-être un grand sujet de triomphe à M. le commissaire de police.

On a accrédité l'opinion que Bonaparte était bien servi. Elle est fondée sur ce qu'il ne manquait jamais de récompenser les services rendus, quelque honteuse que fût souvent la nature de ces services. Nous osons dire que Sa Majesté Louis XVIII l'a été avec bien plus de générosité, et non moins de zèle. Dans toutes les parties de la France, on s'est disputé à l'envi, à qui donnerait à son Roi plus de preuves de fidélité. Et nous pouvons appliquer à beaucoup de vous, Français, ce que vous écriviez de nous, le 8 juillet; » leur dévouement héroïque à la cause du Roi, pour laquelle ils ont » hasardé souvent leur vie, est d'autant plus admirable, » qu'il est dénué de tout intéret personnel. »

Les hommes dévoués ne demandent, en effet, ni distinctions ni emplois; mais ils espèrent, n'avoir plus les regards blessés par la vue de leurs oppresseurs, conservés dans les fonctions publiques, ou étalant des faveurs qu'ils n'ont dues qu'à la trahison.

Vous savez, M. le Comte, les pièges qui nous ont été

tendus dans le canton Vaud (1), pour nous enlever au sein même de la Suisse: le club tenu à Orbe dans ce dessein; les rendez-vous donnés pendant trois jours chez Grand-Jacquet, à St. Cergue, où le brigadier de gendarmerie, Duport, et le contrôleur d'ordre, Girard, avec une dixaine de bandits, devaient nous surprendre; l'attaque que nous eûmes à essuyer, le 23 juin, sur le lac de Genêve, où nous fûmes assaillis par des dragons, gendarmes et douaniers, sortis de Versoix. Vous avez su que des sicaires de Gex et de Morez, ont été lancés long-temps à notre poursuite, et devaient gagner un prix, qu'on disait être mis sur nos têtes; qu'on a cru nous arrêter, dans les personnes de M.r Ogier de Chaulny, capitaine de gardes du corps, et un employé aux douanes.

Que le 4 maï, par un excès de rage, inconnu chez les peuples civilisés, la femme et la fille de M. Lemare ont été arrêtées par la gendarmerie de Morez, quoique munies de bons passeports; que ce n'est que par la ruse unie à la force, qu'un père, un époux désespéré, a pu arracher, d'entre les mains des forcenés, ce qu'il avait de plus cher. Il n'oubliera jamais, Monseigneur, le vif intéret que Votre Excellence prit à sa position, l'une des plus violentes, où se soit jamais trouvé (pendant trois jours et trois nuits), l'homme le plus impétueux, craignant pour la liberté et pour la vie;

---

[1]. Ce pays inexplicable qui inscrit sur tous ses bâtiments publics les mots sacrés *Liberté et Patrie*, et qui se précipitait au-devant de Bonaparte et de tous les fléaux qu'il traînait à sa suite... Nous le signalons comme le cratère de la révolution, où vont se réunir et fermenter les débris les plus impurs.

d'une fille chérie et d'une épouse adorée. Il n'eut pas besoin d'user du secours généreux que vous lui offrites, mais il vous en conserve une reconnaissance éternelle.

C'est sur-tout dans le Doubs et le Jura, que nous avons fait pénétrer la vérité, que nous l'avons présentée sous toutes les formes. Les royalistes se sont enflammés à notre voix, beaucoup d'anciens républicains l'ont entendue, et ont prouvé, Monseigneur, que jamais, lors même qu'ils semblaient marcher dans une autre route, ils n'ont suivi d'autre impulsion que celle de leur conscience. Jamais ils n'ont poursuivi la fortune, leurs mains sont nettes, et leur cœur est pur; Sa Majesté n'a point d'amis plus sûrs, de défenseurs plus intrépides.

Si, dans ces deux départements, il ne s'est pas brûlé une amorce (*), nous ne chercherons point à nous en attribuer l'honneur; mais nous osons croire que le même langage approprié aux localités, et tenu avec la même persévérance dans les provinces, telles que l'Alsace et la Lorraine, y aurait affaibli les idées de résistance et ramené ou calmé bien des esprits.

Graces au brave général Gossard et au bon esprit qui anime les principaux habitants de Morez, MM. Jobez, Perrard, négociants, Reverchon, juge de paix, Cochet, commandant de la garde nationale, etc. Morez ne se confia point à ses fortifications; St. Claude pouvait long-

---

[1] Il est vrai qu'on s'est battu aux Rousses et à la faucille, mais aucun habitant du Jura n'a pris part à cette défense, et l'incendie d'une partie des Rousses, n'est dû qu'à l'erreur, qui a fait prendre des gardes nationaux étrangers, sans uniforme, pour des paysans de cette commune.

temps arrêter les alliés; mais la lumière y avait pénétré; et M. Cretin, ancien sous-préfet, l'un des plus courageux serviteurs du Roi, MM. Buffet, de Myon, Christin, Perret, notaire, Grenier, Antoine et Xavier Dumoulin, Reverchon des Bancs, Fatin, et cent autres royalistes aussi prononcés, y avaient repris leur légitime influence. St. Claude fut sauvé, et donna, presque en même temps que Morez, l'exemple au reste du Jura.

Le 20 juillet, nous écrivîmes à Votre Excellence: NOTRE MISSION EST FINIE. Le 25, elle nous adressa par *duplicata*, la lettre suivante:

» Au moment où le Roi vient de remonter sur le » trône, appelé par le vœu de la nation, je m'empresse, » de reconnaître les services signalés que vous avez » rendus à la cause de Sa Majesté.

» Je me plais à vous rendre la justice que, depuis » le départ du Roi, de Paris, avec un zèle qu'aucun » obstacle, aucun danger n'ont pu refroidir, vous » avez éclairé et fortifié les départements de l'Est, » par la publicité que vous avez trouvé les moyens » de donner en France aux proclamations et décrets » du Roi, par les nouvelles, arrêtés et écrits que » vous y avez répandus; que l'on doit en très-grande » partie à vos soins, que le drapeau blanc chéri de » la très-grande majorité des habitants, ait été arboré » dans beaucoup de communes du Doubs et du Jura, » avant l'entrée des alliés, et malgré les dangers dont » elles étaient menacées par les corps-francs; enfin, que » grace à vos talents et à votre zèle infatigable, la tranquilli-

» té a règné dans ces pays, où vous avez infiniment
» contribué à maintenir un excellent esprit et à ramener
» à la cause du Roi des sujets un moment égarés, au
» point que si les alliés et les Suisses ne s'y fussent
» opposés, la population, à leur approche, se serait
» armée contre les ennemis de son Roi.

» Croyez, Monsieur, que je m'estimerai heureux,
» toutes les fois que je trouverai l'occasion de faire
» valoir aux yeux de Sa Majesté, les preuves de dé-
» vouement sans nombre que vous lui avez données,
» et que je me ferai toujours un devoir d'attester.

» Agréez, je vous prie, Monsieur, l'assurance de
» la haute estime et de l'amitié que je vous ai vouées
» pour la vie.

» *Le Ministre de France en Suisse.*

« *Signé* COMTE AUGUSTE DE TALLEYRAND. «

Zurich, 25 *Juillet* 1815.

Nous n'avons pu résister, Monseigneur, au plaisir de consigner ici ce titre de gloire, comme la plus digne, la plus douce récompense, que nous pussions espérer.

Pontarlier, 28 juillet 1815.

LEMARE, *du Jura*, LAFON, *de Bordeaux*.

Le M.is de JOUFFROY, *Adjoint à la commission.*

Hypolite, de JOUFFROY, *Secrétaire.*

A VINCI-SUR-ROLLE, de l'Imprim. des Commissaires du Roi.

www.ingramcontent.com/pod-product-compliance
Ingram Content Group UK Ltd.
Pitfield, Milton Keynes, MK11 3LW, UK
UKHW012306240726
13966UKWH00004B/1671